A SOPA DE PEDRA
Conto Tradicional Português

Texto: José Viale Moutinho
Ilustrações e design: Inês de Oliveira

© CAMPO DAS LETRAS – Editores, S.A., 2004
Rua D. Manuel II, 33   5.º   4050-345 Porto
Tel: 226 080 870    Fax: 226 080 880
E-mail: campo.letras@mail.telepac.pt
Site: www.campo-letras.pt

Impressão: Papelmunde – SMG, Lda.
Acabamento: Inforsete – AG, Lda.
1.ª edição: Julho de 2004
Depósito legal: 213531/04
ISBN 972-610-822-5
Código de barras: 9789726108221

Colecção: Novos Ilustradores – 4

Esta colecção é um espaço onde
novos ilustradores editam o seu trabalho.

CONTO TRADICIONAL PORTUGUÊS

# A Sopa de Pedra

Texto de José Viale Moutinho Ilustrações de Inês de Oliveira

CAMPO DAS LETRAS

 ra uma vez um frade que andava a passear pelo mundo. Mas entre os conventos que visitava havia estradas que muito o cansavam. Era no tempo de andar a pé ou a cavalo. Ele andava a pé, de sandálias. E, com o cansaço, havia o bichinho da fome a remoer-lhe lá por dentro.

Pois um dia, o frade ainda andou mais do que o costume, acabando por se sentar à porta de uma casa isolada, bem no meio do bosque. Mal podia falar.

– Boa tarde, fradinho, que faz por aqui? – – perguntou-lhe o dono da casa que estava à janela.

Via o pobre viajante cansado, mas não tinha pena nenhuma dele. Já para não aturar ninguém fizera a sua casa ali no bosque.

– Vou a caminho de um convento, que fica um pouco para lá daqueles montes. Ontem perdi-me e acabou-se-me a merenda. Estou tão cansado e tenho tanta fome! Ai, ai!

– Pois tenho muita pena de si –
– disse o lavrador, sem se resolver a
dar-lhe nem mesmo uma côdea de
pão duro!

– Se o senhor me desse licença,
eu faria aqui mesmo uma

*sopinha de pedra*...

Dito isto, o frade começou logo
a escolher uma pedra, naquele espaço
entre o sítio em que estava sentado e
a janela onde assomava o dono da
casa. Hesitou entre quatro ou cinco
pedras que lhe pareceram jeitosas,
por fim decidiu-se por uma e foi ao
poço lavá-la.

O dono da casa saiu da janela e pôs-se à porta para aprender a fazer a tal *sopa de pedra*.

Como o frade lhe pedisse emprestada uma panela, foi buscá-la, enquanto o viajante fazia uma pequena fogueira.

Veio a panela e o frade encheu-a de água.

— É só deixar ferver, disse o frade, atirando a pedra para dentro da panela.

O dono da casa fez uma careta e perguntou:

— Isso é de comer?

— Já vai ver, respondeu o frade. Por acaso, não terá por aí um bocadinho de toucinho para ajudar ao gosto?

— Tome-o lá — disse logo o dono da casa, que o foi buscar à mesa da cozinha.

— Sabe o que ia bem nisto? — e o frade esfregava as mãos.

— O quê?

— Umas folhas de couve.

— Isso arranja-se. Tome-as lá.

Fora a mulher do dono da casa que estava a chegar da horta com uma cesta delas no braço.

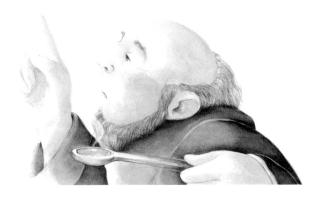

    – Uma pitada de sal dava-lhe um toque especial.

    Apareceu o sal.

    O frade provou a sopa da panela e perguntou à dona da casa:

    – Sabe a senhora o que vinha mesmo a servir?

    – O senhor frade dirá.

    – Umas rodelas de salpicão ou chouriço...

E, sem uma palavra, o dono da casa, que olhava aquilo de boca aberta, foi buscar um dos chouriços que tinha pendurados à lareira. E o frade, mal lhe deitou a mão, atirou-o todo inteiro para a panela.

— Esta sopa está quase uma maravilha! Bem precisas seriam umas gotinhas de azeite... Faz favor de me passar a almotolia aí da sua cozinha?

Deitado o azeite, ferveu mais um instante.

Depois o frade retirou a panela do lume, deixou arrefecer a sopa e sentou-se a comê-la servindo-se de uma colher que a dona da casa lhe entregou, aliás sem ser preciso pedi-la.

Acabada a sopa, o frade limpou a boca à manga do hábito. Depois levantou-se e foi lavar a panela ao poço, tendo o cuidado de tirar a pedra e de passá-la por água antes de a meter no bolso.

– Ó senhor frade! – era o dono da casa a chamá-lo.

Lavada a panela na água do poço, o frade foi devolver-lha.

– E a pedra?

– A pedra, o quê?

– Guarda-a? Não a come?

– Olhe lá, alguém come pedras?

– Não, então para que serve?

– Ora, guardo-a para a próxima vez que encontrar um parvo como o senhor, que não tenha pena de um pobre frade cansado e com fome!

E o frade foi-se embora, a rir-se muito.